Ernst Woll

Na, so was,
Pferd als Deserteur

Gedichte und Kurzgeschichten

2014
Herstellung und Verlag: Books on Demand GmbH,
Norderstedt ISBN 9783738604740

Inhalt

Unglaublich - ein Pferd als Deserteur

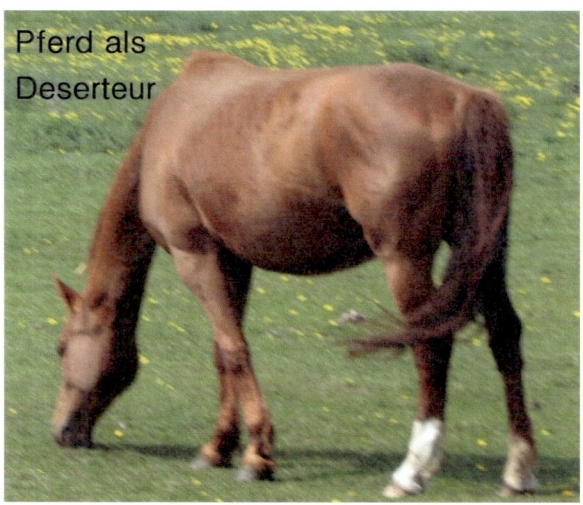

Pferd als
Deserteur

So habe ich das damals desertierte Pferd in
Erinnerung.

Fast ausnahmslos verrucht
war ehemalig Fahnenflucht.
Im Dritten Reich zu desertieren
barg die Gefahr seinen Kopf zu verlieren.

Nach dem Krieg wurde gestritten
ob Deserteure Unrecht erlitten?
Erst 1989, es dauerte also lange Zeit,
war man zur Rehabilitation bereit.

Doch hörte ich sogar von Pferden,
die sich gegen Kriegseinsatz wehrten,
die sich auf den Heimweg machten
als um sie die Granaten krachten.

Dass dies keine Fabeln waren
hab ich durch ein Beispiel selbst erfahren.
Gemustert wurden Pferde wie Soldaten,
die dann später den Fronteinsatz antraten.

Einem sehr widerspenstigen Pferd
auch dieses Schicksal widerfährt.
Es wird verfrachtet an die Front
wogegen es sich nicht wehren konnt´.

4 Wochen nach dem Abtransport,
man glaubte, das Tier für immer fort,
stand der Wallach wieder vor der Pforte
vor seinem Gehöft, dem vertrauten Orte.

Es war alles ruhig am frühen Morgen,
doch der Bauer machte sich Sorgen,
er musste den Vorfall sofort melden,
weil im Krieg strenge Gesetze gelten.
Er durfte sein Pferd nicht behalten,
selbst die Gestapo wollte sich einschalten.
Das Tier, man kann es kaum fassen,
musste als Deserteur sein Leben lassen.

Der Hundeschwanz, das Warnsignal

Hundeschwanz in Ruhestellung

Es wedelt der Hund mit dem Schwanz hin und her,
der Schwanz kann das nicht, der Hund ist zu
schwer.
Schlägt die Rute des Hundes mehr nach rechts
dann erwarte von dem Tier nur was schlecht´s.
Siehst du den Schwanz aber nach links ausschlagen
zeigt dies, der Hund will sich mit dir vertragen.
Dies gilt jedoch wenn man vor dem Hunde steht,
steht man hinter ihm, dann ist es gerade umgedreht.
Als Kind habe ich das mal durcheinander gebracht
und das hat mir eine Beißattacke eingebracht.

Die betrogene Glucke

Eine Henne glaubte sich im Glück:
Kehrt sie ins Hühnerparadies zurück?
Sie durfte selbst die Küken ausbrüten
und vielleicht die Kleinen auch hüten?

Doch schon beim ersten Weidegang
wurde der Glucke angst und bang.
Was wollten ihre Schützlinge bloß,
wie angestochen rannten sie los.

Das Wasser im Weiher war ihr Ziel,
was dort geschah war dem Huhn zu viel.
Die Küken stürzten ungehemmt
frohgemut in das nasse Element.

Die Henne läuft am Ufer hin und her,
lockt, gackert, flattert immer mehr.
Die Küken, ihr zum Schutz befohlen,
ließen sich nicht aus dem Wasser holen.

Die Hühnermutter leidet große Qual,
das ist den Menschen aber ganz egal,
sie gucken zu mit großem Entzücken
wie sich ein Huhn plagt mit Entenküken.

Dazu treibt sich herum am Weiher
ein großer sehr gefräßiger Reiher,
als dieser ihre Küken bedroht
ist die Glucke in allergrößter Not.

Als Landtier muss sie am Ufer bleiben,
kann den Bösewicht nicht vertreiben,
muss zusehen wie es diesem gelingt
wie er ein wehrloses Entlein verschlingt.

Der Reiher wartet auf die Entenküken

Ungewöhnlicher Wettbewerb

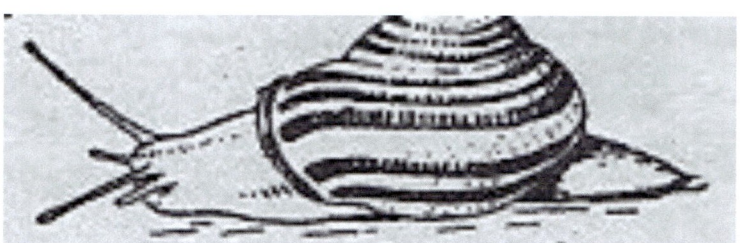

Schnecke beginnt zu
kriechen

Ziege setzt
sich in Trab

Eine Verwaltungsstelle ist zu besetzen,
Ziege und Schnecke bewerben sich sofort.
Erstere sieht man zur Bewerbung hetzen,
die andre kriecht nur langsam an den Ort.
Die Schnecke wird bedenkenlos angenommen,
die Ziege ist über diese Entscheidung empört.
Begründung wird vom Weichtier vernommen,
sie klingt nicht unlogisch, wenn man sie hört:
„In Ämtern muss man kriechen, das ist wichtig,
jedoch immer meckern, das ist niemals richtig."

Marktlücke: Mobile Abortanbieter

Berufe, die einst aus „Bedürfnissen" entstanden
inzwischen sich wandelten oder verschwanden.
So findet man spätmittelalterliche „Abtrittanbieter"
als Betreiber stationärer Klos in Raststätten wieder.

Tiere verrichten die Notdurft wo sie gehen, stehen,
der Mensch lässt sich dabei aber nicht gern sehen.
Im früheren auf Straßen angebotenen mobilen
Abort
war deshalb für die Benutzer ein sichtgeschützter
Ort.

Unter einem weiten Mantel boten Frau oder Mann
einen Eimer für die Notdurftverrichtung an.
Selbstverständlich mussten die Kunden bezahlen
wurden aber befreit von „drückenden Qualen".

Im Fluss entsorgt wurden dann die Exkremente.
Erst im 20. Jahrhundert kam hierzu die Wende.
Seit dieser Zeit bis zu den heutigen Tagen
erfolgt die Beseitigung nun über Kläranlagen.

Die Arbeit der Toilettenwärter Billigung gewinnt,
wenn öffentliche Bedürfnisanstalten sauber sind.
Bei Staus, das wünschte ich mir gewiss nicht allein,
könnten wieder mobile Abortanbieter tätig sein!

Wo ist Recht?

Dass die DDR kein Rechtsstaat war
wurde schon an vielen Beispielen klar.
Warum konnten diese Politiker es wagen
belastete Nazis in der BRD anzuklagen?
Hier versuchte man sich zu wehren,
forderte, vor der eigenen Tür zu kehren.
Nachdem die Täter verstorben, erst jetzt
wird in allen Medien auf Enthüllung gesetzt.

Wahrheitsgemäß muss man heute bekennen:
In der DDR waren offener die zu nennen,
die sich im Dritten Reich strafbar machten,
sich aber in der BRD in Sicherheit brachten.
Das ist Egoismus, es wird sich nichts wandeln,
man meint, dass nur andere ungerecht handeln.
Die Mächtigen beeinflussen was Recht bedeutet,
sie allein bestimmen auch, wie man es deutet.

Emanzipation

Die Politiker wissen ganz genau
für Mann und Frau
sind noch nicht gelungen
alle Gleichberechtigungen.

Man will es richten mit Quoten,
sogar manchmal mit Verboten;
das könnte Frauen deklassieren,
Gleichstellung würden sie verlieren.

Doch hört man auch Stimmen,
gar nichts würde mehr stimmen.
Im heutigen Familienleben
würde es oft Frauenherrschaft geben.

Frauen sagen heute was sie wollen,
darunter auch was Männer sollen.
Wenn dabei keiner übertreibt
Harmonie in der Familie bleibt.

Menschenknochenfund

Vor dieser Kirche
wurde die Baugrube
ausgehoben, in der
man die Skelette
fand.

Archäologen sind bis heut´
über Knochenfunde sehr erfreut.
In Baugruben, die neu entstehen
kann man oft alte Skelette sehen.
Es ist nunmehr 75 Jahre her,
da erschütterte es mich sehr,
aus der Baugrube vor dem Gotteshaus
beförderte man Knochen heraus;
es waren, Zweifel gab es keine,
sehr alte menschliche Gebeine.

Von alten Leuten man nun hört:
„Wenn jemand die Totenruhe stört
bricht Unglück über uns herein,
bauen an diesen Stellen lässt man sein.“

Bösewichte hatten weniger Bedenken,
sie wollten dem keine Beachtung schenken,
sie spielten Fußball mit Totenköpfen,
fürchteten sich nicht damit zu köpfen!
Aber dieses grausige Schauspiel
war kindlichen Gedanken zu viel.

Nachts träumte ich nur von Leichen,
Folterbilder wollten gar nicht weichen;
ich sah, was Abergläubige prophezeiten,
dass Verstorbene aus früheren Zeiten
aus ihren Gräbern wieder auferstehen,
als Gespenst über den Friedhof gehen.
Und weil es im Jahre 1939 war
wurde eine Vorhersage sogar wahr:
Eine große Katastrophe begann,
der zweite Weltkrieg fing nun an.

Aber, dass man damals dort die Totenruhe störte
nicht zu den Kriegsausbruchsursachen gehörte.

Wer nichts wird, wird Wirt

Bahnhof um 1920

Wer nichts wird, wird Wirt,
wer gar nichts wird, wird *Bahnhofswirt*
und ist ihm dieses nicht gelungen
so reist er mit Versicherungen.
Das haben wir früher spöttisch gesagt,
drei modische Berufe fälschlich angeklagt,
sie waren zwischenzeitlich sehr beliebt,
die es heute im Ursprung kaum noch gibt.

Der Wirt in der Kneipe an der Ecke
blieb durch noble Gaststätten auf der Strecke.
Selbstbedienung macht sich jetzt breit überall,
selbst in Wirtshäusern ist das oft der Fall.
Noch aber gefällt auf Oktoberfest und Festen,
durch Kellnerinnen bedient zu werden am Besten.
Mit dem typischen Versicherungsvertreter ist es
aus,
Angebote kommen durch das Internet ins Haus.

Kleine Bahnhöfe wurden alle zugemacht,
das hat für viele Bahnhofswirte das Aus gebracht.
Imbissstände findet man gegenwärtig überall,
sehr selten ist der früher bekannte Wartesaal.
Wahrscheinlich macht auch hier die Bahn mobil
und jeder soll schneller erreichen sein Ziel.
Und was sagt diese Entwicklung mir:
Im Stehen trink ich meistens jetzt mein Bier.

Omas Ersatzteile

Die Oma war 70, der Friedrich erst acht,
Lebensweisheiten hat sie ihm beigebracht;
die Unterschiede von Mann und Frau
erklärte sie jedoch niemals genau.
Bei Omas Besuch mussten immer
die beiden nächtigen in einem Zimmer.
Dabei wollte der Enkel nicht verstehen,
warum sollte er vor Oma zu Bette gehen?
Wenn sie sehr spät dann den Raum betrat,
sich immer wieder das Gleiche tat.
Er kannte die Frage, den hauchenden Ton:
„Friedrich, schläfst du schon?"

Waren beseitigt alle Schwierigkeiten
begann sie ungeniert sich auszukleiden.
Eines Tages wollte der Enkel es wissen,
er versteckte den Kopf unter das Kissen,
guckte heimlich, sah die Frau hantieren
und drohte den Verstand zu verlieren.
Zuerst kam eine Perücke vom Kopf,
oh weh, sie hatte keinen richtigen Zopf!
Als nächstes, das konnte er begreifen,
sah er sie Ringe und Schmuck abstreifen.

Was nun im Weiteren alles geschah
er wirklich zum ersten Male sah:
Sie nahm einen Gürtel von der Brust.
Oh, das hatte er noch gar nicht gewusst,
die zwei Kugeln da vorn, immer weich,
die waren gar kein richtiges Fleisch!
Dann kamen noch die Zähne raus
und Friedrich hielt es nicht mehr aus,
er rief entsetzt: „Oma, was muss ich sehen,
kannst du auch an deinem Bauchnabel drehen?
Vielleicht geschieht dann ein Wunder
und deine Pobacken fallen auch runter!"

Zahnprothese

Wichtig ist genaues Schauen,
ebenso das einwandfreie Kauen
und immer sind wichtig gewesen
passende Brillen und Zahnprothesen

Omas Prothese fiel nach unten,
trotz Brille hat sie sie nicht gefunden.
Der Hund, für sein Gespür bekannt,
das bedeutsame Teil jedoch schnell fand.

Man wusste von seiner Gier.
Er tat aber nun was Schlimmes hier:
Es hat Ihn absolut nicht gejuckt,
er hat das Ersatzteil ganz verschluckt.

In des Tieres Ausscheidungen
ist es dann nach Tagen gelungen
zu finden das Teil, das wichtige,
es kam an die Stelle, die richtige.

Vergleiche: Auto – Mensch, Teil I

Menschen sehr häufig dazu neigen
ihr Auto als Statussymbol zu zeigen;
doch selten man dazu auch offenlegt,
dass man es auf Kredit zu kaufen pflegt.
Werden beide dann alt und verrosten
die Reparaturen immer nun mehr kosten;
für Fahrzeuge steht jetzt das Verschrotten an,
das man bei Menschen jedoch nicht kann.

Mit Krankenhaus und Reparaturwerkstatt
fast jeder seine besondere Erfahrung hat.
In der Klinik will jedermann gesunden,
meist wird die richtige Diagnose gefunden,
manchmal ist ein Mensch nicht zu kurieren,
dann heißt es, nicht die Geduld zu verlieren.
Wenn das Auto die Werkstatt aber defekt verlässt
werden Besitzer beständig schmerzhaft gestresst.

Mancher Mann, der sein Auto sehr liebt
ihm häufig dann einen Kosenamen gibt,
das gefällt oft nicht den Ehefrauen,
die dann neidisch auf das Auto schauen.
Schüchterne aber Hemmungen verlieren
können sie mit schickem Auto imponieren.
Hier gleichen sich Mensch und Auto sehr:
Blendwerk macht mehr als das Solide her.

Wissenschaftlicher Fortschritt in der Medizin
ist heutzutage schon sehr weit gediehen;
Auto- und Körperersatzteile, welcher Segen,
die Elektronik schafft es mit neuen Wegen,
Leben zu verlängern und Gesundheit zu erhalten,
außerdem einwandfreies Autofahren zu gestalten.
Weil Auto und Mensch so mannigfach vernetzt
werden im 2. Teil die Vergleiche fortgesetzt.

Trabant

Wartburg 311
Zwei DDR- Fahrzeuge, die man selbst reparieren konnte.

Vergleiche: Auto – Mensch Teil II

Seit Jahren jagen Menschen im Sport
nach immer höher gestelltem Rekord,
so dass die Bestleistungen im 100 m Sprint
nun schon weniger als 10 Sekunden sind.
Diese Leistung, die durch Training geschafft,
zeigt sich beim Auto in der Motorenkraft.

Attraktiv und modisch gekleidete Frauen
dabei auch immer darauf schauen,
dass sie mit dem Auto, das sie chauffieren,
in Aussehen und Zeitstil harmonieren.
Transportmittel ist es im normalen Gebrauch,
als Modeobjekt nutzen Viele ihr Auto auch.

Wann sollen Alte nicht mehr Auto fahren?
Ein Termin, der ist nicht anzugeben in Jahren.
Alter Mensch, altes Auto passt aber nicht überein,
für Alte sollte die modernste Technik drin sein.
Über fahrerloses Auto spricht man schon sehr,
dann gibt es auch die „Altersfrage" nicht mehr.

Viele pflegen, reparieren ihr schönes Automobil,
sauberes, fahrsicheres Gefährt, das ist das Ziel,
dazu basteln einige mit Begeisterungen
und das alles ist früher problemlos gelungen
Diese Hobbys wurden schwieriger in neuer Zeit
durch automatisierte Pflegemöglichkeit.

Tierversuche

Tierversuche: Viele sagen dazu nein,
sie müssten vielfach nicht mehr sein!
Wissenschaftler, die noch dafür plädieren
nach und nach ihre Argumente verlieren.
Werden Befürworter von Politik unterstützt
ergibt sich die Frage, wem es wohl nützt,
wenn man gesetzlich weiter vorschreibt,
dass für einiges der Tierversuch bleibt?
Es sind bereits Alternativen bekannt,
die von der Wissenschaft voll anerkannt.

So lässt sich heute nicht mehr begründen,
dass Tierversuche trotz allem anstünden,
selbst wenn durch andere Methoden klar:
Für den Test an Menschen besteht keine Gefahr.
Ist es auch hier, wie in vielen Fällen, das Geld,
warum man Tiere in Versuchen weiterhin quält?
Alternativen man zuweilen nicht anwandte,
Tierversuche waren ja die billigere Variante.
Wissenschaft allein, nicht Politik muss bewerten
wann und ob Tierversuche durchgeführt werden.

Blindes Nachtschattengewächs

Ihre Augen können nicht gucken,
das braucht die Kartoffel nicht jucken,
sie macht sich darum keine Sorgen,
denn sie ist unter der Erde verborgen;
damit ihre Art erhalten bleibt,
ein Keim aus ihren Augen treibt..

Der Klingelmann

Klingelmann - Titelbild „Zellröder Geschicht´n"
Druck und Verlag:A. Oberreuter, Zeulenroda, Ausgabe
1930

Kennt ihr noch den Klingelmann?
Wenn nicht, dann vernehmt alsdann:
Was heute im Amtsblatt bekannt gemacht
hat er früher an den Mann gebracht.
Dieser Amtsbote, der war schon wer,
durch Straßen und Gassen marschierte er,
blieb stehen an bestimmten Stellen
und man hörte seine Klingel schellen.
Man sah Leute aus den Fenstern sehen
oder sie auch vor der Hautür stehen;
der Klingelmann gab gewichtig bekannt
was für die Ordnung im Orte relevant.

In fast jedem Ort gab es früher Brauereien,
deren Biere sollten was besonderes sein.
Wasser hat man vom Dorfteich entnommen,
Bier musste spezifischen Geschmack bekommen.
Um Wasser vor Verschmutzung zu schützen
sollte deshalb diese Bekanntmachung nützen:
„Hiermit wird bekannt gemacht,
dass niemand mehr ins Wasser macht,
denn morgen wird gebraut."
Das verkündete der Klingelmann sehr laut!
Und die Moral von dieser Geschichte:
Hygiene sah man damals im anderen Lichte!

Gequälte Schweine

Angebundene Sau -
der Halsbügel ist zu
eng

Viele tierliebende Menschen finden
es wäre besser, Haustiere nicht anzubinden.
Manchen aber es noch immer gefällt,
dass er im Hof Hunde an der Kette hält.
Dabei wäre jedoch nur zu tolerieren
sie an der Leine beim Spaziergang zu führen.

Bei Nutztieren in der Landwirtschaft
sind aber oft alle Skrupel abgeschafft.
Hier regiert so schlimm wie noch nie
heute vorrangig nur noch die Ökonomie.
Artgerechte Schweinehaltung ist passee,
wenn ich z. B. diese Tiere angebunden seh´.

Für Schweine, als Herdentiere bekannt,
man bisher viele Zwangshaltungen fand.
Dabei stets vordergründige Ziele waren:
Optimale Technologien, um Kosten zu sparen.
Also ist es nicht die Massentierhaltung allein:
Art- und tierschutzgerecht muss die Haltung sein!

Wertvoller Knochen

[

Vor einem neugebauten Haus
steht ein Hund, denkt: Alles ist aus.
Hier vergrub er vor vielen Wochen
seine eiserne Ration, einen Knochen.
gern wüsste er, wo die Menschen diesen
in ihrer großen Bauwut ließen.

Nebenan, um den massigen Erdhaufen,
begann er schnüffelnd herum zu laufen,
er wusste, dass Menschen beim Schachten
schon edle Stücke an das Tageslicht brachten.
Tatsächlich hat der Hund nach Stunden,
diesen oder einen Knochen gefunden.

Makaber

Früher sorgten sich alte Bauersleute
mehr um ihre Beerdigung als heute.
Man war noch gar nicht verstorben
aber der Sarg wurde schon erworben.
Im Haus kam er nun auf den Boden,
weil er sich als Lagerbehälter angeboten.

Mit über 90 schied Opa aus dem Leben.
In seinem Testament hatte er angegeben
seinen Leichnam nicht aufzubahren,
geschlossen den Sarg zum Friedhof zu fahren.
Die Familie gehörte zu den Frommen,
der Wunsch wurde daher ernst genommen.

Zwei Monate war der Mann unter der Erde,
von allen gab es seitdem viel Beschwerde,
widerlicher Geruch durchzog das Haus,
man hielt es darin fast nicht mehr aus.
Vom Hund, der sich seither seltsam benahm,
schließlich der Hinweis auf die Ursache kam.

Das Tier hatte den Verstorbenen verehrt,
sich nach dessen Tod heftig gewehrt
vom Sarg, in dem dieser lag, weg zu gehen,
das war auch nach dem Begräbnis noch zu sehen.
Man öffnet diesen, vor dem der Hund ständig stand,
war erschüttert, dass man darin den Toten fand.

Es war zu einem Fehlgriff gekommen:
Zur Beisetzung hatten sie den Sarg genommen,
in dem sie bisher Dörrobst aufbewahrten,
das sie anstelle des Toten zum Friedhof karrten.
Die eigenen Särge zu Lebzeiten besorgen
bereitet also Hinterbliebenen große Sorgen!

Problem – Partnerschaft

In Partnerschaft lebten frohgemut
Bratwurst und Maus, es ging ihnen gut.
Kochen, backen und Hauswirtschaft
haben sie vereint vorzüglich geschafft.

Sonntags zur Kirche ging aber nur eine,
die andere kochte dann zu hause alleine.
Der Eintopf schmeckte stets wunderbar
wenn die Bratwurst die Köchin war.

Die Maus wollte deshalb ergründen
welche Geheimnisse dahinter stünden.
Sie ließ deswegen den Kirchgang aus
und blieb heimlich versteckt zu Haus´.

Aber in der Küche sah sie nun
die Bratwurst etwas Putziges tun:
Diese sprang in die Suppe, die noch kochte,
aus der sie aber herauszuhüpfen vermochte.

Am nächsten Sonntag probierte die Maus
diese „Geschmacksverstärkung" selber aus.
Die Bratwurst kam heim, es war schaurig,
die Maus war tot, die Bratwurst traurig.

Die Ursache wurde gefunden

Kürzlich hörte ich eine Mär,
die belustigte mich gar sehr:
Warum sich Hunde und Katzen bekriegen
würde an einem Schimpfwort liegen.
.
Vor vielen Jahren soll es geschehen sein,
der König Löwe berief ein Meeting ein.
Alle Tiere der Welt kamen pünktlich an,
nur die Katze, die vermisste man.

Die Verspätung war ihr nicht einerlei,
mit einem Buckel eilte sie schnell herbei.
„Da kommt das Kamel", rief der Hund
und das war ein Beleidigungsgrund.

Fortan, wenn sich Beide treffen
hört man die Hunde tüchtig kläffen,
Katzen fauchen, sie rennen meistens fort,
oben im Baum ist für sie der sicherste Ort.

Aber auch friedliches Zusammenleben
kann es bei gemeinsamer Kinderstube geben.
Katze und Hund können dann demonstrieren
wie Vorurteile ihre Kraft verlieren.

Wissenschaftler fanden aber den Grund
für die Missgunst zwischen Katze und Hund,
um gleiche Nahrungsquellen ging es allezeit
und das begründete auch bei der Jagd den Neid.

Erfahrung

Marie von Ebner – Eschenbach erzählt
wie der Hund Krambambuli sich quält.
Er wurde in diesem Falle maßlos überfordert
als man von ihm eine Entscheidung fordert.
Angreifen sollte er seinen ehemaligen Herren,
für ihn war klar: Dagegen musste er sich sperren.

Tiere zeigen es, da versuchen wir es zu verstehen,
wie zwei sich unversöhnlich gegenüber stehen;
doch mancher Mensch befand sich schon
in annährend gleicher brenzliger Situation;
dabei ist es unsinnig einem Tier stets zu zumuten,
zu entscheiden zwischen dem Bösen und dem
Guten.

Leider können wir Menschen das oft selbst nicht
tun,
auch deshalb in der Welt die Waffen nicht ruhen.

Tiere unschuldige Kriegsopfer

In allen furchtbaren Kriegeszeiten
mussten nicht nur Menschen leiden,
schrecklich ging es auch wehrlosen Tieren,
die durch Menschenschuld ihr Leben verlieren.
In Kriegen bis ins 20. Jahrhundert waren
vorrangig die Pferde in großen Gefahren;
sie ersetzten früher technisches Kriegsgerät,
auf Kampfplätzen lagen ihre Leichen wie gesät.

Im heutigen modernen Kriegsgeschehen
sind weiterhin Tiere als Opfer zu sehen.
Sie können selten an sichere Plätze flüchten
wenn Raketen ihren Standort vernichten.
Will man neue Vernichtungswaffen erproben
werden die Gefahren auf Tiere abgeschoben;
erbarmungslos werden Versuche durchgeführt,
das Leiden der Tiere lässt dabei Viele ungerührt.

Tiere dienen uns Menschen mit Geduld,
sie tragen am und im Krieg keine Schuld,
wir setzten die Ursachen für das Vernichten,
können danach auf Tierhilfe nicht verzichten.
Z. B. hätte man ohne Hilfe von Rettungshunden
Verschüttete oft nicht rechtzeitig gefunden.
Wann wird die Menschheit vernünftig werden?
Hört auf mit den Kämpfen in Krisenherden!

Wo ist Heimat? I

Vieles wird wissenschaftlich erklärt
wobei der Mensch sogar erfährt:
Was er versteht, was er denkt und wie;
alles deckt jetzt auf die Neurobiologie.
Heimat ist also im Gehirn präsent
und fast jeder diese Gefühle kennt:
Weilt man sehr lange an einer Stätte,
man diese dann gern als Heimat hätte.

Meint jemand, er hat keinen Heimatort
oder man trieb ihn aus der Heimat fort
dann verbinden sich Heimatgefühle auch
mit Sprachen und echtem Volkesbrauch.
Geistige Heimat braucht Entfaltung,
in ihr steckt allseitige Gestaltung,
in ihr findet jedermann ein Feld,
das ihn interessiert und oft sehr gefällt.

Erforscht werden heute die Gedanken
der bedauernswerten Demenzkranken.
Man hat bei vielen von ihnen erkannt,
dass für sie Heimatgefühl verschwand.
Fühlen sich Gesunde auch heimatlos
steckt dahinter oft ein schweres Los,
das kennen wir u. a. von Flüchtlingen,
die gern wieder in ihre Heimat gingen.

Wo ist Heimat? II

Man spricht vom trauten Heim,
doch mancher traut sich nicht mehr heim.
Bleibt aber die Heimat denkbar vertraut
auch wenn man sich nicht nach Hause traut?

Heimat ist nicht nur frohe Kunde,
sie erzeugte auch schon manche Wunde,
wenn sich jemand in ihr unbeliebt machte
und vielleicht Unglück in sie brachte.

Das ist typisch in Diktaturen,
wenn die Mitmenschen später erfuhren
in ihrem Heimatort gab es auch Verräter
getarnt als Gutmenschen, Mütter und Väter.

Die Erfahrungen sind sehr mannigfaltig,
die Bindung an die Heimat vielgestaltig.
Mancher will nicht mehr fort von ihr,
andere fragen: Wo eigentlich begegnet sie mir?

Ich habe Heimat überall dort gefunden
wo ich mit ehrlichen Menschen verbunden,
auch friedliche Nachbarschaft erlebte
und man gegenseitige Unterstützung pflegte.

Eine glückliche Martinsgans

Auch im Krieg verzichtete man nicht ganz
auf die alte Tradition mit der Martinsgans,
denn Laubenpieper fanden häufig Wege
eine Gans zu mästen im Gartengehege.
Die Tiere wuchsen den Familien oft ans Herz,
sie zu schlachten bereitete dann viel Schmerz.

Zwei Kinder, die eine solche Gans mit pflegten,
Gedanken zur Verhinderung der Tötung hegten.
Vorm Martinstag ein riesengroßer Schreck:
Das Tier aus dem Garten war plötzlich weg!
Bestimmt hatte kein Fuchs die Gans gestohlen,
Diebe waren eingebrochen, ganz unverhohlen.

Die Großmutter als Gast war schon eingeladen,
man war traurig, hatte keinen Festtagsbraten;
ein Kaninchenbraten, den die Oma mitgebracht,
hat die Stimmung wieder recht erträglich gemacht,
schließlich war das Verhältnis zu diesem Tier
so ganz anders als läge nun der Gänsebraten hier.

Nur wenige Tage nach dem Martinsfest
Geräusche im Keller alle aufhorchen lässt:
Auf den Briketts, dem wertvollen Haufen,
sieht man die Gans flatternd hin und her laufen;
das war also die Befreiungstat von den Kindern,
die deshalb alles taten, die Anzeige zu verhindern.

Schwarz war die Gans vom Kohlendreck,
in der Badewanne ging der aber wieder weg.
Sie blieb am Leben, kam erneut in den Garten
und durfte ihren natürlichen Tod erwarten.
Man hatte damals nur sehr wenig zu essen
trotzdem wurde hier die Tierliebe nicht vergessen.

Nach dem Bad

Angst

Ja, der kleine Heiner,
das ist vielleicht einer!
Mit einem großen Mund
tut er Tapferkeit stets kund.

Doch wenn er beim Spazierengehen
einen Hund in der Ferne schon gesehen
schmiegte er sich ängstlich an die Mama,
die das Tier oft noch gar nicht sah.

Deshalb die Mutter fragt:
„Warum hast du Angst vor Hunden?"
Und klein Heiner darauf sagt:
„Weil du oben bist und ich bin unten!"

Dumme Kuh

Es empört mich immerzu,
wenn ich höre: „Dumme Kuh."
Wer Tiere dumm nennt,
meist selbst nicht erkennt,
sein Wissen ist beschränkt,
wovon er sehr gezielt ablenkt.

Kühe gehören zu den Schlauen,
die mit Bedacht stets wiederkauen,
ihre Nahrung wird damit verdaulich,
das ist bekömmlich und erstaunlich.
Wir erleben sie manchmal apathisch,
sind sie uns etwa darum sympathisch?

Unsere Mitgeschöpfe merken
oft selbst nichts von ihren Stärken,
sonst würden z. B. Hunde sagen:
„Ihr könnt es ja einmal wagen
die Nase in den Dreck zu stecken,
um darin das Gesuchte zu entdecken."

Schon oft konnten wir erleben,
dass Tiere bei nahenden Erdbeben
früher als wir Anzeichen spüren,
die zu Verhaltensänderungen führen.
Diese zu erkennen kann nützen,
uns alle vor Gefahren zu schützen.

Schimpfwort: „Dummes Schwein!"
Kann in keiner Weise richtig sein.
Unter den Lebewesen, die intelligent,
man diese Tiere an 4. Stelle nennt;
sie rangieren mit diesem guten Platz
noch vor Pferd, Hund und Katz.

Wer Tiere beobachtet und gut kennt,
sie in ihrer Art intelligent auch nennt.
Augenblicklich differenzieren wir
zwischen Schlauheit von Mensch und Tier;
mehrere neuere Studien aber lenken
uns hier auf ein notwendiges Umdenken.

Vorsorgende Sektenmitglieder

Verkündungen von den Sekten
immer mein Misstrauen weckten;
ich befürworte jedoch jederzeit
die existierende Glaubensfreiheit.
Wenn Sekten jedoch Druck ausüben
kann das unser Zusammenleben trüben.
Die Gesellschaft muss sich deshalb wehren
gegen Versuche mit Zwang zu bekehren.

Manche Sekten aber auch verkünden,
dass wir vorm Weltuntergang stünden.
Schon mehrmals ging er aber vorbei
der verheißene Untergang am 31. Mai.
Die Gutgläubigen lassen es nicht sein,
sie fallen wieder auf neue Termine rein.
Deshalb kann man auch darüber lachen
was Sektenmitglieder zuweilen machen.

Eines Tages war es wieder so weit:
Die versammelt Sekte war bereit
auf einem Berg gemeinsam zu erleben
wie die Welt untergeht mit Beben.
Nichts geschah, alles war fehlgeschlagen,
niemand konnte sich aber nun wagen
zu zeigen das gelöste Rückfahrtticket,
man hielt es deshalb in der Tasche versteckt!

Kurzgeschichten

Aberglaube und Hexerei

Über die bekannte Hexerei
hört man noch heute allerlei;
sie hat, so wird oft berichtet
schon viel Unheil angerichtet;
dabei ist besonders zu nennen
das einstige Hexenverbrennen
und wie auch einige Sekten
immer wieder Ängste weckten.
Ich will deshalb eine Story erzählen,
wie Menschen, Menschen quälen.

Es ist nunmehr länger als 75 Jahre her, dass ich oft und gern den Erzählungen meiner Großmutter lauschte, die auch viele Geschichten über Hexerei wusste. Sie beließ es nicht dabei mir die Geschichte von „Hänsel und Gretel", in der die furchterregende Hexe vorkommt, vorzulesen. Sie berichtete von Episoden in denen Zauberei und Aberglaube eine große Rolle spielten. So erzählte sie mir eine Geschichte bei der ich sogar vermutete, dass sie bei dieser selbst beteiligt war. Sie gab aber den Handelnden andere Namen als die, die ich aus unserer Verwandtschaft und meiner Umgebung kannte und behauptete, solche Begebnisse müssten anonym bleiben. Diese Menschen und deren Nachkommen könnten in einen schlechten Ruf geraten.

Das achtjährige Mädchen, dessen Lebensweg und deren Begegnungen mit der Hexerei ich erfuhr, nannte meine Oma Elfriede. Es wuchs in der Mitte des 19. Jahrhunderts in einem Dorf in einem ostthüringer Bauernhof auf – das stimmte sogar mit dem Lebenslauf meiner Großmutter Ida überein. Elfriedes Schulkamerad, den diese vom ersten Schultag an als ihren Freund auserkoren hatte, gab sie den Namen Franz, dessen Eltern waren ebenfalls Bauern. Sie besuchten die Dorfschule, in der alle Kinder von der 1. bis zur 8. Klasse in einem Raum unterrichtet wurden.

Beide mussten schon als Kinder tüchtig in der Landwirtschaft mitarbeiten. In ihrer geringen Freizeit spielten sie aber gern zusammen. Im Sommer war das in Wald und Flur problemlos aber im Winter und bei sehr schlechtem Wetter mussten sie geschützte Stellen aufsuchen. Sie fanden den Kuhstall der Eltern von Franz, die in allem sehr großzügig waren, günstig. Elfriedes Eltern durften von diesem Zusammensein nichts mitbekommen. Den Kindern machte es Spaß, schon den Kälbern Jungen- und Mädchennamen zu geben. Ein sehr munteres schönes Kalb taufte Franz Elfriede, worüber diese erst schmollte es aber dann akzeptierte, als er ihr die ganzen Vorzüge dieses Tieres geschildert hatte.

Franz musste schon als zehnjähriger allein die Kühe auf der Weide hüten. Gern gesellte sich Elfriede dazu. Sie setzten sich hinter einem Busch nebeneinander und er erzählte ihr in einfacher verständlicher Weise einige Märchen, die er aus Büchern und von Erzählungen seiner Eltern kannte. Derartige Märchenerzählungen gab es in Elfriedes Elternhaus nicht, da wurde nur in der Heiligen Schrift gelesen und nur über diese Themen gesprochen. Sie gehörten einer strengen Sekte an. Elfriedes Vater hätte sie bestimmt ganz schlimm verprügelt, wenn er herausbekommen hätte, dass die beiden Kinder im nahen Fischteich manchmal badeten.

Als Badekleidung behielt sie ihre Schlüpfer und er seine Unterhose an und es gab Probleme, diese wieder rechtzeitig trocken zu bekommen. Die zwei waren ungefähr 13 Jahre alt, da wurde ihre Freundschaft auf eine harte Probe gestellt.

Im Dorf war eine Rinderseuche ausgebrochen und Elfriedes Vater behauptete, die Ursache wäre das gottlose Verhalten einiger Bauern. Besonders die Eltern von Franz nahm er ins Visier und bezichtigte sie der Hexerei. Dazu kam heraus, dass sich Elfriede manchmal heimlich mit dem Jungen Franz getroffen hatte. Sie durfte nicht mehr zur Schule gehen, alle ihre Schritte wurden bewacht und kontrolliert, sie wurde regelrecht eingesperrt. Es gelang ihr nicht einmal, ihren Freund zu benachrichtigen, der aber glaubte, sie wolle nichts mehr mit ihm zu tun haben und die Freundschaft aufkündigen.

Das Zerwürfnis der Familien zog solch große Kreise, dass sich das Amtsgericht damit beschäftigen musste. Auch das Kind Elfriede sollte Zeugenaussagen machen, vor allem über die Rinder im Gehöft der Eltern von Franz. Ihr Vater hatte herausbekommen, dass sie mehrmals mit dem Jungen im Stall gewesen war. Nach Forderung ihres Vaters sollte Elfriede bestätigen, dass die Rinder dort alle Menschenvornamen hätten und als erste im Dorf von der Seuche betroffen gewesen wären. Sie weinte vor den hohen Herren des Gerichts und brachte mühsam nur die Worte heraus: „Dort gibt es keine kranken Rinder, sondern liebe niedliche Kälber und gute Kühe." Damit war sie bei ihrem Vater gänzlich in Ungnade gefallen, er drohte, sie zu verstoßen. Dem Amtsrichter muss sie sehr Leid getan haben, denn er erreichte, dass sie von ihren Eltern weg kam und in der Stadt bei einer reichen guten Herrschaft als Dienstmädchen mit Familienanschluss aufgenommen wurde.

Elfriedes Vater wurde wegen übler Nachrede zu einer Geldstrafe verurteilt.

Meine Großmutter sagte mir damals, als sie mir diese Geschichte erzählte: „Vor ein paar hundert

Jahren wäre diese Geschichte ganz anders ausgegangen, da wäre vielleicht die Mutter von Franz als Hexe angeklagt worden. Elfriedes Vater hatte nämlich vor Gericht ausgesagt, dass diese Frau den Kühen die Namen gäbe und auch oft Heilkräuter sammeln würde, die sie bei Tieren und Menschen als Heilmittel anpreise. Er wisse aber es seien Teufelskräuter, wovon die Geschöpfe noch schlimmer erkrankten. Gegen diese Frau wäre bestimmt ein Hexenprozess eröffnet worden. Nach dem großen Schmerz, den Elfriede durchlitt, war es aber letztlich ein großer Glücksfall für sie, dass Franz nach Abschluss der Volksschule ebenfalls in die Stadt zu einem Viehhändler in die Lehre kam. Sie trafen sich deshalb nach einem reichlichen Jahr wieder. Fortan ließen sie sich nicht mehr aus den Augen und mit 21 Jahren, als sie volljährig wurden, heirateten sie. Franz übernahm den Bauernhof der Eltern – er wurde ein fortschrittlicher, geschätzter Landwirt und Elfriede eine glückliche zufriedene Bauersfrau.

Grausamer Umgang mit Tieren

Es ist schon 75 Jahre her – ich war 10 Jahre alt – da fand ich im Wald einen Fuchs dessen Vorderlauf in einer Schlagfalle festgeklemmt war. Um ihn zu befreien hatte ich nicht genügend Kraft und außerdem hätte er mich beißen können. Unsere Gegend war auch Tollwutsperrgebiet und ich wusste ja nicht, ob das Tier krank war. Ein Biss hätte schlimme Folgen gehabt. Ich lief nach Hause und holte meinen Großvater zu Hilfe. Als wir an die Stelle zurück kamen lag noch der Rest des Beines in der Falle und der Fuchs war weg. Zeit meines Lebens vergaß ich nicht den Blick des Tieres, der einen deutlichen schmerzvollen Ausdruck zeigte. Aus diesem und vielen anderen Gründen wurde ich aktiver Tierschützer. Aber ich muss die Geschichte noch ergänzen. Ob der Fuchs damals überlebte oder unentdeckt schmerzvoll starb, habe ich nie erfahren. Damals war aber guter Rat teuer, sollte man melden, dass ein illegaler Fallensteller in unserem Wald sein Unwesen treibt? Mein Opa bestärkte mich, ich ging zum Ortspolizisten und wurde enttäuscht; ich erhielt die Auskunft, dass man sich jetzt im Krieg um wichtigere Sachen als um tote Füchse zu kümmern hätte. Anders erging es mir beim zuständigen Förster, den durfte ich die Stelle, wo die Falle aufgestellt war, zeigen; er versprach der

Sache nachzugehen, ob er den illegalen Fallensteller ermitteln konnte, erfuhr ich aber auch nicht. Die Falle, in der damals der Fuchs steckte, war ein so genanntes Tellereisen, in denen fast immer die Tiere mit nur einem Bein, das sehr stark gequetscht wird, festgehalten werden. Seit Jahrzehnten waren diese grausamen Waffen zum Raubtierfang erlaubt; durch fortwährende Einflussnahme der Tierschutzorganisationen gelang es ab 1. Januar 1995, den Einsatz von Tellereisen EU-weit zu verbieten.

Doch noch immer gibt es Ausnahmen für Schlagfallen

Außerdem erfuhr ich erst kürzlich, dass in einer Gartenanlage eine Schlagfalle aufgestellt worden war um streunende Katzen zu fangen und anschließend zu töten. Diese Tiere würden angeblich die hergerichteten Beete zerstören und Singvögel fangen. Eine Katze war in die Falle geraten und von Tierschützern gefunden worden. Sie war so schwer verletzt, dass sie eingeschläfert werden musste, hatte aber stundenlang viele Schmerzen aushalten müssen. Leider unternahm bisher die Polizei zu wenig, um illegalen Fallenstellern das Handwerk zu legen. Der zuständige Tierschutzverein bemüht sich zumindest bei den Gartenbesitzern aufzuklären, wie man tierschutzgerecht mit freilaufenden Katzen umgeht.

Wiedersehen macht Freude

Sie war Mitte 60 und meinte, selbst noch gut auszusehen. Manche Menschen machten ihr auch Komplimente: Sie würde mindestens 10 Jahre jünger wirken; dabei gab sie aber selten preis wie alt sie wirklich war. Sie hatte nie chirurgische Schönheitsoperationen an sich durchführen lassen aber doch regelmäßig eine versierte Kosmetikerin in Anspruch genommen. Als Intellektuelle wusste sie sich vernünftig zu ernähren, war nicht dürr und nicht zu dick und glaubte selbst, sich überall gut benehmen zu können. Sie hatte nie geraucht und war auch immer mäßig im Alkoholkonsum gewesen.

Kurzum, sie war nach ihrer Selbsteinschätzung eine gebildete, gut aussehende Frau, die sich einigermaßen gesund fühlte und ihr Alter und Leben in der 2. Lebenshälfte zufrieden anging. Verheiratet war sie nicht und auch ein fester Lebensgefährte fehlte, obwohl es in der Vergangenheit auch etliche Verehrer gegeben hatte. Als Studentin war sie erfolglos in einen Mitstudenten regelrecht verknallt gewesen, ihre Wege trennten sich dann und sie blieb allein. Sie war diesem Mann seitdem nie wieder begegnet. Ihr Alleinsein, das merkt sie jetzt im fortschreitenden Alter immer mehr, ist der einzige Wermutstropfen ihres derzeitigen Daseins.

Sie besucht eine wissenschaftlich Tagung über Themen der Sucht, weil sie in ihrer ehrenamtlichen gesellschaftlichen Tätigkeit Jugendlichen und Menschen, die stark rauchen oder Drogen und Alkohol konsumieren, helfen will, von ihrer Sucht los zu kommen. Auf der Referentenliste findet sie einen Namen, der sie stutzig macht. Ist das der Mann, der Student, ihre einstige ganz große Liebe? Der Name stimmt, aber sein Aussehen? Der da vorn steht und spricht muss mindestens weit über 70 Jahre alt sein und sieht insgesamt sehr ungesund aus. Er hält einen interessanten inhaltsreichen Vortrag über die Gefahren des Rauchens und bekommt viel Beifall.

Die Pause beginnt und sie beobachtet, wie dieser Referent sehr schnell davon eilt, sie versucht, ihm zu folgen. Die Neugierde bringt sie fast um, sie braucht Gewissheit, ob es der einstige gutaussehende junge Mann ist oder nicht, dem sie hier zufällig begegnet. In ihrem Gehirn brodelt es. Kann sich jemand, der jung, dynamisch, bestens aussehend, umschwärmt von vielen jungen Mädchen gewesen war, innerhalb von 40 Jahren in einen so alten, dürren krank erscheinenden Menschen verwandeln?

Sie eilt nach draußen und beginnt im großen Park, der sich um das Tagungsgebäude befindet, zu suchen. Weit entfernt hinter einer abgelegenen Baumgruppe entdeckt sie ihn und hat den Eindruck, er will sich vor allen anderen verstecken. Warum, das wird sehr schnell klar: Der offizielle „Rauchgegner" zieht genussvoll an einer Zigarette und scheint es ohne dieses Suchtmittel fast nicht länger ausgehalten zu haben, weil er so eilig davonrannte.

Trotzdem fasst sie Mut und geht auf ihn zu. Er erschrickt und versucht auszuweichen, aber sie lässt ihn nicht weg und spricht ihn an: „Ein ausgezeichneter Vortrag, aber entschuldigen Sie, ist das jetzt hier die praktische Umsetzung Ihrer Empfehlungen?" Er wird sehr verlegen, so wie sie es von ihm als jungen Mann kannte. Also verstärkte sich ihr Verdacht, ihren ehemaligen Kommilitonen vor sich zu haben. Er antwortet: „Ja, ehrlich, ich predige Wasser und trinke Wein. Doch glauben Sie mir, ich versuche seit vielen Jahren von dem Laster des Rauchens weg zu kommen aber ich schaffe es nicht."

Sie verlässt das Thema und fragt gerade heraus: „Haben Sie vor etwa 45 Jahren in M. Medizin studiert?" Erstaunt blickt er sie an und fragt zurück: „Und Sie, gehörten Sie damals etwa zu den vielen älteren grimmigen Oberassistentinnen in den Instituten, die wegen der Männerdomäne keine Professur bekamen?" Sprachlos verharrt sie eine Weile bis sie erwidert: „Nein, ich war eine blutjunge Studentin in den ersten Semestern, denen die älteren hochnäsigen hässlichen Studenten in den höheren Studienjahren völlig gleichgültig und verachtenswürdig waren." Würdevoll beendet sie das Gespräch und geht zurück zum Tagungssaal.

Die Vorträge werden fortgesetzt, vorn am Tisch der Referenten fehlt der, der so leidenschaftlich für das Nichtrauchen geworben hatte. Er war ihre Jugendliebe, da ist sie sich jetzt sicher, und er ist nunmehr dazu auch noch feige. Sie spürt für sich, dass sie bei dieser Trennung Glück hatte, sonst wäre sie als derzeit noch attraktive Sechszigerin vielleicht mit einem hässlichen alt aussehenden Mann verheiratet, der zudem schwindelt.

Eine kuriose Zahnbehandlung

Eine kuriose Zahnbehandlung erlebte ich Ende der 1950er Jahre in dem Ort, wo ich als junger Tierarzt meine ersten Berufserfahrungen sammelte. Gegen Ende eines Arbeitstages ging ich, von Zahnschmerzen geplagt, in die Praxis eines Zahnarztes, den ich persönlich kannte. Die Diagnose sah nicht erfreulich aus: Mein kranker Zahn sei nicht mehr zu retten, es muss eine Brücke angefertigt werden. Mein Zahnarzt war ein Mann der Tat: da er Arzt und Zahntechniker in Personalunion war, schlug er vor, noch am selben Abend die Behandlung bis zum Ende durchzuziehen. Es bedurfte dazu lediglich ein wenig Zeit und viel Alkohol. Also besorgte ich – noch schmerzvoll aber nüchtern – eine Flasche Kognak und einen Kasten Bier. Das ging mit dem Auto schnell.

Die Betäubungsspritze reichte gerade so, die Prozedur des Zahnziehens mit Anstand zu überstehen. Im weiteren Verlauf des Abends haben Arzt und ich dem Weinbrand und Bier tüchtig zugesprochen. Der Mediziner werkelte in meinem Mund herum – ich nahm es mit Gelassenheit und – später mit taumeliger Fröhlichkeit hin. Gegen Mitternacht hatte ich nur noch „wenig Blut im Alkohol", aber viel neues Metall im Mund und torkelte beschwingt nach Hause. Erfreulicher Weise hatte ich nur 5 Minuten Fußmarsch und zu dieser Zeit waren keine Passanten mehr auf den Straßen – peinlich für mich, wenn in der Kleinstadt der betrunkene Tierarzt Stadtgespräch geworden wäre.

Die Vorhaltungen meiner besorgten Frau konnte ich in dem Zustand so gar nicht verstehen; sie hingegen meine Erklärungen nicht. Hätte ich ihr das Corpus Delicti in der unteren Zahnreihe nicht vorzeigen können – sie hätte mir nie und nimmer geglaubt! Jahre später in der Zahnklinik, die einen wesentlich moderneren Standard aufwies, fiel mein dortiger Zahnarzt fast in Ohnmacht, als er die Brücke begutachtete: „Welcher Schuster hat denn das bewerkstelligt!?!" Der Zahnersatz hat allerdings fast 20 Jahre lang problemlos gehalten.